W9-ATD-123

Para Grace

Primera Edición Norteamericana en Español 2006
de Ediciones Kane/Miller, La Jolla, California
Traducido al Español por: Maria Fernanda Pulido Duarte

Primera Edición Norteamericana 2005
de Kane/Miller Book Publishers, Inc., La Jolla, California

Publicado inicialmente en 2005 por Andersen Press Ltd., Great Britain
Derechos de reproducción ©2005 por Gus Clarke

Todos los derechos reservados. Para información, contactar a:
Kane/Miller Book Publishers
P.O. Box 8515 La Jolla, CA 92038
www.kanemiller.com

Número de catálogo de la Biblioteca del Congreso: 2006920745
Impreso y acarreado en China por Regent Publishing Services Ltd

1 2 3 4 5 6 7 8 9 10

ISBN-13: 978-1-933605-08-1
ISBN-10: 1-933605-08-1

SUERTE

Gus Clarke

EDICIONES KANE/MILLER

Kane/Miller
BOOK PUBLISHERS

Hola. Me llamo Suerte.

Tengo mucha comida,

un techo,

una cama cómoda,

y muchos amigos.

Todos tenemos lo mismo.

Aquí todos llegamos por diferentes razones.

No estoy seguro porqué vine yo, pero me alegra que lo hice.

Bernardo no contaba con estar aquí por mucho tiempo.
Pero sabe que por ahora, no irá a casa.

Jaime y Edna nos cuidan. Son muy buenos.
A veces invitan a gente para ver si nos gustaría irnos a vivir con ellos.

Bernardo dice que todavía no ha encontrado la persona justa para él.

Molí sí la encontró.

Y Púas también.

Aquí viene más gente.
Me pregunto si a Bernardo le gustarán estas.

No le gustaron. ¡Pero a Buster sí!

Pobre Bernardo. Yo sé que a él le gustaría encontrar a alguien con quién vivir. Se está poniendo viejo para esta gran emoción.

¡Tengo una idea! Se la voy a contar a los demás.
Estoy seguro de que entenderán.

Aquí vienen las personas. ¡Arriba ese ánimo, Bernardo!
Dales una sonrisa.

¡Qué lindo!

Bueno, crucemos los dedos...

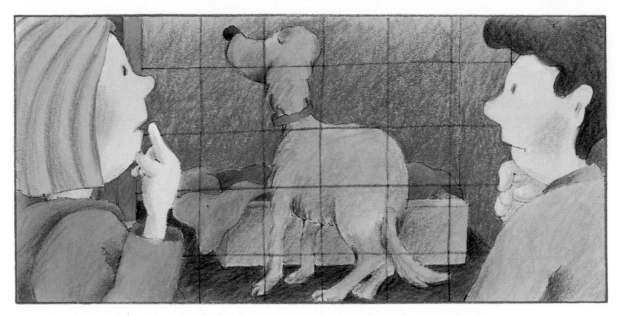

Bien hecho, Walter.

Buena jugada, Nico.

Buena chica, Geltrú.

Mal muchacho, Ben. (¡Qué genial!)

¡Parece que funcionó!

Hasta luego, Bernardo. Te extrañaremos.
Me pregunto si algún día *yo* encontraré a alguien.

Pero pensándolo bien ...

¡ ... Quizás mejor aquí me quede!